눈물은 다리가 백 개

황금알 시인선 182
눈물은 다리가 백 개

초판발행일 | 2018년 10월 31일

지은이 | 이나혜
펴낸곳 | 도서출판 황금알
펴낸이 | 金永馥
선정위원 | 김영승 · 마종기 · 유안진 · 이수익
주간 | 김영탁
편집실장 | 조경숙
표지디자인 | 칼라박스
주소 | 03088 서울시 종로구 이화장2길 29-3, 104호(동숭동)
전화 | 02)2275-9171
팩스 | 02)2275-9172
이메일 | tibet21@hanmail.net
홈페이지 | http://goldegg21.com
출판등록 | 2003년 03월 26일(제300-2003-230호)

값은 뒤표지에 있습니다.

ISBN 979-11-89205-14-0-03810

*이 책은 2018년 인천문화재단 창작지원금을 받아 제작되었습니다.
*이 도서의 국립중앙도서관 출판예정도서목록(CIP)은 서지정보유통지원시스템
  홈페이지(http://seoji.nl.go.kr)와 국가자료종합목록시스템(http://www.nl.
  go.kr/kolisnet)에서 이용하실 수 있습니다. (CIP제어번호 : CIP2018031336)

눈물은 다리가 백 개

이나혜 시집

황금알

다시 나는 생각해야 해. 남아 있는 것이라고는
생각하는 일밖에 없어. 생각하는 일과 시 쓰는
일 외에 뭐가 있겠어.

라 마르!

차 례

2부

3부

4부

■ 발문 | 김윤식

1부

연인

커피를 반쯤 남긴다
이야기는 반도 더 남았다

폐선처럼
기우뚱한 일요일 오후 2시

말소리는 없다

연구실에서 묻어온 냄새
인류학책 한 페이지에
인간이라는 용어가 석탄처럼 검게 굳어 있다

사랑은 없다

바람 바람 바람이라는 영화는
그냥 창밖으로 바람이 불어갈 뿐이다

남산에서 북악까지 똑같이 긴 침묵이다

그가 정말 나의 오래된 연인 같다

냉면

적당히 질기다
길이도 또한 마찬가지

목에서 가슴으로 이어지는
단출한 차가움이

생각을 버리게 한다
달리 집중할 것도 없다

옆 테이블의 사람들도
홀가분하다

넓은 그릇 속의
적당히 길고 적당히 질긴 사리

시원하게 다 비울 때까지
아무도 말이 없다

통속적인 음식이어서
그 맛이 조금 시큼하다

수박

여름내
머리통처럼 둥글게 뭉쳐놓은
물을

헛배가 잔뜩 부른
몸뚱이를
식칼로

서로 속이 궁금해서
반씩 벌거벗고
사랑을 하기도
무더워서

헛배가 부른 제 몸뚱이를
물을
식칼로

제 머리통까지
쩍

반으로 갈라보고는

이내 다시 땀을 흘리는
여름

나는 꽃가게에서 나가야겠다

꽃은 식물인데
짐승 같다

숨소리도

가슴 털이 난
꽃도 있다

한 다발
허옇게 이빨을 드러낸
저 동물성

숨기고 있다
발톱으로
블라우스를 갈기갈기 찢어 버린

꽃도
그 옆에 있다
위험하다

나는 어서 꽃가게에서 나가야겠다

전봇대 풍경

서 있다 매일
반복적으로 서 있다

구부린 적이 없다
올려다본 적이 없다

흰 나비 한 마리가
한 바퀴 돌다 날아가고

풍경처럼
어디로 가지 않고

구부리지 않고
그대로 서 있다

아침저녁으로
서 있다

꿈쩍 않고
습관적으로

세탁기

들어가 보고 싶다

나를 쥐락펴락

눈알이 빠지도록
빙글빙글 돈 다음

스커트나
와이셔츠와 함께
하얘져서

입맛도
사는 방법도

머릿속까지
하얗게 표백되어서

울렁울렁
다시 세상으로 돌아오고 싶다

들어가 보고 싶다

아무 대꾸가 없다

봄

혜화역 2번 출구 계단으로

여자들 치마가
오른다

남자를 만나러
봄을 만나러

누가 써 놓았는지
으샤 으샤 즐겁게 계단을 오르자

계단이
자꾸 부추긴다

치마는 짧아지고
장안은 온통 화창한 봄날

그래 봄바람이 들추어
초록색 속옷이 보여도 좋아

혜화역 2번 출구 계단으로
여자들 치마가

남자를 만나러
봄을 만나러

올라간다

사과벌레

붉은 창문을
닫아걸고
안쪽에서
나오기 싫어
잠만 자다가
가끔
덜컹덜컹
우주를 갉아먹는
벌레

하느님이
세상에서
가장
예뻐하시는지

쨍그랑
홍옥처럼
꿈이
잘 익은

햇빛과
웃음소리와
온몸에
향기를 가득 묻힌
벌레

한입
베어 물고 싶다

고등어는 과연 푸르다

고등어는
날씨와 상관없이
등이 하늘처럼 푸르다

냉장고에서
꺼낼 때부터 푸르다
칼로 도막을 낼 때도
그저 푸르기만 하다

나는
고등어 한 마리가 먹고 싶은 것이
아니라
그냥 수평선의 등줄기를 한 칼
베어내고 싶은 것이다

그런데
수평선은 늘 머리를
고등어 쪽으로 둔다

석쇠 위에 올려
불꽃을 피우니
맹렬하게
푸른 연기가 오른다

고등어는
날씨도 좋고 물도 좋아
수평선답다

고등어는
과연 하늘처럼 푸르다

마을버스를 타고

봄배추 가득 실은
마을버스

연애하러 가는지

마음은 모두 아지랑이
굼실거리는 벌레 같다

가슴에도 발에도
온통 진흙을 묻히는 즐거움

누가 알까
창밖으로 슬쩍
한눈을 팔아도

어깨가 덜컹거린다
스멀거린다

집을 지나쳐 시퍼런 네거리에서 내리는 거야
거기서 나비가 되어 한번 어지럽게 팔랑거리는 거야

메뚜기

— 고영민 시인

들녘의 자전거
푸른 정장을 입은
그대는

햇살 굴레 물레방아 물소리
툭툭 물방울들이 튀어 오르는

기타를 퉁기며
두 손은 바람에 맡기고
넓은 들판을 가로질러

허리가 푸른 자전거
톡톡 튀는 풀잎 음표를 따라

산뜻하게 세모난 넥타이를 매고
휘파람 불며 내 벼 이삭들을 건들며

그대는

풀치

바다에 풀이 있다
풀잎을 닮았다

풀치
이름 부르면 금세
입속에 푸른 생기가 돌 것 같은데

마르고 작다

먹을 것이 없는
아프리카 아이들

풀잎처럼 가늘고 여린
아이들 같다

작은 몸으로 헤엄치던 풀
물살을 거스르던 풀

바다에 있는 풀은 흰색이다

은빛이다

갈치처럼
한 자루 칼 빛을
작은 몸에서 번뜩이기도 한다

당나귀

공원 우리 속 당나귀
귀가 크다

바라볼수록
눈이 크다

꽃잎이 날려도 상관없고
아이들이 웃어도 못 들은 척

둥근 옆구리
발굽이 풀을 밟고 있다

봄이 한창인데
혼자 어슬렁거린다

긴 목을 허공에 저으며
저쪽으로 간다

가다가

다시 흘끔 이쪽을 본다

당나귀는 틀림없이
봄을 알 것 같다

마술

사랑은
다 속임수다

디자인처럼 순 사기다
포장하고
색을 넣고
늘리고
줄이고
재단하고
삭제한다

비둘기도 모자도 꽃도 손수건도 동전도 도로도 빌딩도
개도 들고양이도 세상에서 사라진다

나도
너도
사랑도 보이지 않는다

마술이다

시엔

여름은 시엔 같다

이파리 하나는 귀가 잘려져 있다
맨발을 감싸 쥐고 있다

슬픔은 고흐가 그렸다
웅크리고 있다

붓은 시엔의 벗은 여름을 따라가다가
울음소리를 듣는다

그림 밖으로 내다 버린 동병상련

슬픔은 푸른색이다
추운 여름이다

거울 앞에서

입술 지우고
눈썹 지우고
눈 지우면
내가 보일까

입술 그리고
눈썹 그리고
눈 그리고 나면
거울이 보일까

거울 앞에서
씩 웃어 본다
거울도 내 앞에서
씩 웃는다

파경破鏡이라니

실없이 웃는다
나도

거울도
실없이 웃는다

하얀 밤

돈이 하늘에서
폭설처럼
쏟아졌으면 좋겠다

밤은 길고
무에서
겨울 맛이 난다

밤은
더 깊고
가정家庭은 낡았다

방안에서도 발이 시리다

푸근하게
돈이 눈처럼 쌓인 무덤에
갇혔으면 좋겠다

2부

편지

저녁 베란다 창문 넘어 노을을 바라봅니다

호봉산줄기를 따라 구름은 코끼리처럼 코가 길고, 은혜 빌라 예원아파트 주란마트 피아노학원 노인정 송전탑 전깃줄

전깃줄을 따라 상념은 이어집니다

그곳은 어떻습니까 거기도 노을이 타고 있습니까 지금 바다는 얼마나 고요합니까 담배를 입에 물고 있습니까 베란다 유리창에 붙은 두 눈을 까닭 없이 만지고 있습니까

밤이 되면 유리문을 닫고 쓸데없이 처녀가 되고 싶다는 생각을 하며 잠들겠습니다

허공 같은 두 손은 아직 남아 있는 노을의 붉은 발톱을 깎아주고 있습니다

빗소리 연구

귀를 가지고 있다 발도 달려 있다 구두는 벗고 흰 슬리퍼를 신고 있다 성별은 남자다 머리칼은 헝클어져 있다 가끔 기침을 하거나 종이에 글을 쓴다 음주는 적당히

사과를 깎지 않고 그냥 베어 문다 커피 냄새가 풍긴다 머리카락 냄새도 향기롭다 매우 감정적이다 눈을 감는다

열 개의 손가락이 창문을 반쯤 연다 어깨를 만지려 한다 그러나 긴장감은 없이 이따금 대낮에 소리 없이 곁에 와 앉는다

북성포구

횟집들이 물가에 나앉는다
포구에 일요일과 봄이 왔다는 뜻이다

일요화가들이 물 위에 떠 출렁거리는 공장 굴뚝을 그
린다
횟집으로 들어간 패거리들은 왁자지껄

횟집에서 버린 흰 물티슈 같은 갈매기들이 물 위에 떠
있다
축대 위에 쌓인 목재 더미처럼 봄은 똑같은 의미로 와
쌓여 있다

일요일도 봄도 갈매기도 그리고 횟집도 왁자지껄도 다
3년 전 그대로다

발걸음을 돌리면서
일요화가 르네 마그리트가 방금 하늘에서 잘라 낸
초현실적인 구름 몇 개를 본다

봄은 내년에도 계속될 것이다

유달산 기행

봄이다 유달산이 택시 기본요금만큼 가깝다 동백꽃에
서 점심에 먹은 가오리찜 냄새가 난다 핸드폰을 밥집에
놓고 온 사람도 있다

숲은 닫혀 있다 그 옆에 몇 백 년 역사를 적은 표석이
있다 무슨 섬인지 멀리서 등을 긁고 있다 마을 지붕들이
비탈을 오르려다 만다 아무도 눈치채지 못한다

내려갈 길은 바다로 뚫렸다 누군가 전화를 한다 전깃
줄이 길게 응답을 한다 마지막 여자 구두가 사진을 찍는
다 풀잎들은 모두 친척인가 다 함께 왔던 길로 내려간다

봄이다

눈물은 다리가 백 개

눈물은 다리가 백 개
지네처럼
백 개의 다리로
뺨에서 목으로 젖가슴으로 배꼽으로 치골로 다리로 스
멀스멀 기어 다니네

이 근지러움이 좋아 심장은 종종 울음을 우는 것이지
울음에 무슨 이유가 있겠어

지네처럼
백 개의 다리로 다리를 건너 치골로 배꼽으로 젖가슴
으로 목으로 뺨으로
그러나 밤이 너무 어두워
눈물은 다시 눈으로 기어들어 가지 않네

SELF라는 삶

셀프 웨딩
셀프 인테리어
셀프 도배
셀프 주유
셀프 세차
셀프 식당
셀프 샴푸
셀프 마사지
셀프 등기
셀프 이혼

혼자 해야 한다 자신이 해내야 한다 혼자 해낸 영수증을 받고 스스로 만족해야 해

내일은 셀프 태양이 뜰 것이고 밤에는 셀프 창가에 셀프 별이 보이겠지

셀프 바닷가에서 셀프 모래밭을 걷다가 누군가 셀프 자살을 할지도 몰라

불행도 셀프 연애도 셀프 면도하는 남자도 셀프 콩나물국도 셀프 네 얼굴도 셀프

아 셀프 사막을 셀프 세상이 혼자 걸어가고 있네

폐선

인부들이 죽은 몸체를 해체한다 소독약 냄새가 난다 고래 고기 생각이 떠오른다 바다를 분해하는 일이 근면하게 보인다

물결은 없다 비늘도 지느러미도 없다

죽어 썩은 살을 즐겨 먹는 짐승이 있다 피는 이미 말라 붙어 흐르지 않아 갯벌과 닮았다 이따금 회를 즐기는 사람도 있다

인부들이 잠시 쉬고 있다 무엇인가를 먹고 마신다 모서리 쪽 풀잎 몇 개에 근면하게 바람이 불고 해가 뜨고 또 질 것 같다

선글라스

  나는 관음증 환자같이 가끔 내 시야를 눈두덩이에 가
둔다
  내 눈빛을 은유로 바꾼 것을 아무도 눈치채지 못하게
  그 이면에 관해서 구체적인 설명은 하지 않겠다
  다만 다른 꽃에 붙어 있는 눈과 다른 냄새에 붙어 있는
눈과 다른 말에 붙어 있는 눈들이
  나의 내밀한 언어를 이룬다는 것
  예를 들면 사과의 엉덩이가 책상의 겨드랑이를 헐떡이
며 애무하고 있다는 것
  이 차단할 수 없는 눈의 은유 눈의 언어는 그래서 성적
性的이랄 수도 있다
  혹시 관음증 환자가 이랬을까
  어둠으로 걸러 보는 내 눈두덩이의 두 눈은 그래서 나
의 전적인 자아다

현관이 낯설다

편하게 열고 닫을 수 있던 문이 어느 날 열리지 않을 때
혹은 열 수 없을 때

안으로부터 새 벽지와 새 가구와 모르는 숨소리와 새
신발들로 꽉 찼을 것 같은 기척이 느껴질 때

아무것도 모른다는 듯 눈을 떴다 감았다 하는 센서 등
이 묵묵히 제 발자국 소리까지 삼켜버린 계단이 너는 누
구냐는 듯한 표정을 지을 때

현관 앞에 서 있는 내가 그림자처럼 낯설다

황혼

등불을 켜고 장어 한 마리를 다룬다 그대와 마주앉는 흠뻑 물든 생의 하루 저녁 혹은 몇 시간 유리창 밖에서 그대가 뱉는 붉은 목소리 남아 있는 동안 외로워야겠어 더 깊게 사랑해야겠어

눈 감으면 속옷 어깨끈에 적포도주 번지는 소리가 들린다

코를 곤다

목장갑 작업복 바지 헌 구두 젖은 양말 야구모자들이
모여 밤이면 코를 곤다

4월 한 달 내내 기름 묻은 189만 원 봉투가 반쯤 마신
물컵 옆에서 코를 곤다

꽃 없는 화병 하나 티브이 하나 15년 된 소파 하나 식
탁 하나가 같이 코를 곤다

화요일이 가면 수요일 수요일이 가면 목요일이어서 벽
에 걸린 5월 달력도 덩달아 코를 골고 싶어 한다

모로 눕히고 싶은데 두 손은 그냥 어깨 아래 구부러진
지평선에 가 닿는다

하는 수 없이 박 아무개라고 불리는 낙타의 등줄기는
바닥에 누워 밤새 코를 곤다

달의 저편

　입술을 바른다 달빛 환하다 손 뻗으면 곧 얼굴에 닿을 듯 가깝다 이제 숨을 쉰다 거리가 먼 것은 마음도 멀다는 뜻이겠지 집이 가까운 것은 마음이 가깝다는 뜻 멀고 가까운 것은 숨소리가 이내 반응한다 바라보거나 쓰다듬을 대상이 있다는 것은 행복한 일이지만 그 거리距離를 온전하게 느끼는 때는 이기적인 순간이겠지

　달의 이면을 인정하는 데 걸렸던 46,284시간 립밤을 바르고 나면 비로소 달빛의 이면이 환하다

손수건

언젠가 오징어찌개를 먹는데 밖에 서 있던 버드나무 얼굴에서 땀이 비 오듯 쏟아지는 것이었다 몸이 허약한가 글쎄 마늘을 고춧가루를 후춧가루를 너무 많이 넣었나 버드나무는 한동안 다른 언덕에 화목한 척 자리를 잡아야 한다고 한다 밥은 다 먹었으니까 버드나무를 두고 집으로 가야 하는데 걷다 보니 손수건 상점이다 손은 살아 있으니까 속옷이며 양말이며 구급약이며 혼자 다 챙겼을 것이고 그래서 나는 그냥 버드나무 뒷주머니에 숨어 들어가 땀을 닦는 손수건이나 되었으면 한다

나방이

　나는 어둠이 좋아 어둠 때문에 불빛에 달려드는 거야 너는 말했지 나의 본성을 맹목적이라고 하지만 나는 이 8월의 초저녁이 좋은 걸 초저녁은 내게서 모든 생각을 빼앗고 나의 자유를 빼앗는 고마운 시간이야 불빛 따라 규칙 없이 마구 세상의 저녁을 흩어 놓고 싶은 내 마음이기도 하지 너희는 저녁 밥상에 앉겠지 하지만 불을 끄고 너희 마음에 달려드는 벌레의 마음을 생각해 봐 그때 너희는 내가 좋아하는 어둠의 의미를 이해할 거야 나는 어둠이 좋아 초저녁이 좋아 초저녁은 세상의 무거움을 단단함을 산산이 흩어놓는 자유의 시간 불을 켜는 상징의 시간이니까

먼 길

마음이 걷는 길은 오후 4시에 갈림길이 생긴다 낮이 저녁으로 가는 거리

한쪽 세상은 앵두꽃들이 모여 만개한 안개가 일어나는 시간이다 크르릉 흰 고양이의 채터링 소리 텅 빈 바람 같은 것이 옆구리 사이를 양떼처럼 지나가고 가슴을 내보인 강둑 너머로 대뇌 속처럼 빼곡한 길이 내일모레로 향하고 있다

돌 나무 꽃들이 가로등을 켜기도 하고 형체도 없는 가을밤 미로를 헤매기도 하고 그밖에는 떠도는 구름인지 먼 기침 소리에 반쯤 빠져나간 영혼은 또 다른 세상에서 나그네처럼 걷고 있다

오후 4시 저녁 무렵을 걷게 하는 것이 마음이어서 모든 이별은 먼 길에 닿아 있다

담배 맛

피우는 사람이 공허하다는 것인지 연기를 내뱉는 것이 공허하다는 것인지 아니면 다 타버린 꽁초가 공허하다는 것인지 모르겠다 남편 담배 한 개비를 빼내다가 아파트 앞 느티나무 아래에 앉는다

누가 피우다 버린 꽁초를 내려다보며 담배에 대한 시를 쓸까 말까 생각하며 내뿜는 담배 연기 그 맛은 아무튼 전혀 공허하지 않다

잠이 안 올 때 하는 생각

첫째

며칠 몸을 안은 적 없는 소파 위에서 팔 따로 손가락
따로 다리 따로 머리 따로 움직인다

둘째

살바도르 달리의 시계가 점성粘性의 초침과 분침을 몸
밖에서 안으로 밀어 넣고 널브러진다

셋째

머릿속 분리수거통 안의 비닐 봉투는 단추와 지퍼와
허리띠와 그리고 무력증에 비틀어진 잠옷의 구김살로
채운다

넷째

의식의 살을 발라내고 뼈는 이불 밖에 던져둔 채 껍데
기만 뒤집어쓴다

마지막

이쯤에서 정말 잠에 취해야 한다고 생각하면 은하수보
다 많은 먼지를 털어낸 뒤 머리를 감는다

3부

파밭에서

시퍼렇게 허공을 들어 올리고 있음
온몸은 총총 들떠 있음

의장병들이 일제히 칼을 뽑고 있음
여왕은 아직 납시지 않음

또 가끔 콩나물국 속에서 속을 끓이고 있음
약혼 링은 빼놓았음

식물의 고딕 양식임
첨탑 끝에 흰 종루를 얹음

지구는 텅 비지 않았음
여전히 푸르른 고음이 들림

생은 전반적으로 흔들리지 않음
단 뽑힐 때까지임

공이 튀는 이유가 뭐겠어?

일요일이니까
청춘이니까
청춘은 헛발질을 하니까

청춘에 대해 생각해 보면
왜 청춘은 일요일일까
벽을 들이받고
튕겨 나오는 화요일이나 수요일이 되지 못할까

지구의 기분이 공이라면
공은 습성이니까
무작정 텅 빈 곳을 향해 튀어 오르고 싶으니까

웃음소리가 잦아지면
이놈의 청춘은 세상에 거처가 없어
늘 둥글둥글 구르다가

일요일 한나절을
망할 자식들처럼
그냥 환히 헛발질이나 하고 마니까

즐거운 인생

1
지구에서 술 마시는 일은 즐겁다
붉은 등불처럼 심장이 정직해진다
몸은 잔 가득히 넘치고
어지러운 날개는 인생을 연애로 바꾼다

2
술 마시는 일이 즐거워
가끔은 지구의 밤 한 자락을 비스듬히 어깨에 걸치고
별들의 맥박 뛰는 소리를 들으며 맨발로 걸어서 집에
간다

3
나의 지구는 무좀이 사는 발바닥보다 즐거운 혈액순환
을 가졌다

마요네즈

오이에 찍어 먹는다
성미가 아줌마 같아서 꾹 눌러 짜야 하는데 오이는 주책없이 젊은 기분뿐이다

맑은 날인데도 머릿속에 누르스름하게 마요네즈 같은 것이 가득 차는 경우가 있다

누가 심었는지
여름내 아파트 텃밭의 오이들이 있는 힘껏 자라고 있다

가을하늘

다인안과의원 빌딩 위 하늘이 찢어질 듯 푸르다
철학책에서는 읽을 수 없는 하늘
에게 해 바닷물을 한 바가지 끼얹은 하늘

의사는 안구가 건조해지지 않도록 이따금 안약을 넣으
라고 한다

시인에 대해

시인은 혼자 살아야 한다는 생각

나귀처럼 평생 서서 잠들고
비 맞는 심야 버스처럼 고단하게
노을 속 등성이처럼 고독하게
건널목 신호등처럼 뜬 눈으로 살며
정오의 햇빛에 내면의 죄와 꿈을 모두 내보이면서
풀꽃처럼 흙길을 걸어가다가

혼자
번뇌 없이 거미처럼 웅크리고 죽어야 한다는 생각

염소

알몸으로 김치찌개를 끓이는 염소가 있음
20년이나 되었다고 함

세상에서 멀리 떨어진
그의 풀밭에는 흰 들꽃 같은 시가 몇 편

그리고 찌그러진 냄비와 식용유가 묻은 프라이팬과
이따금 흥얼거리는 노랫소리가 있음

담배를 피우면서 꽁치 한 도막을 또 불 위에 얹음

웃자란 수염과 벗은 엉덩이는 도가류道家流
빨간 눈으로 빈 간장 종지를 들여다보며 짧게 웃음

그래서 염소는 우스움
그래서 염소는 슬픔

지금 염소는 알몸으로 서서 요리하고 있음

장미

이 꽃은 가시에 찔려 죽은 시인의 실수
보석으로 꾸며진 붉은 촛대 위에서 무수히 일렁이는
거짓일지도 모르는 불꽃

스스로 자신의 심장을 들여다보고 있는
5월 한낮의 채광창에
모순이라고 부르는 진홍의 눈꺼풀이 떠 있다*

* 라이너 마리아 릴케 묘비명

빈집

빈집은 뒷산을 가지고 있다
아니 뒷산이 집을 소유하고 있다

산그늘이 낡은 지붕을 쓰다듬고 있어서
이 집의 임자 마음을 알 수 있다

마당의 우물이 조용해진 것도
마른 풀을 기르는 것도

방문을 열어
이 집에 미움이나 사랑이 살았던 흔적을 내보이는 것도

다 뒷산의 생각일 뿐이다

그래서
 지금 이 집은 옷을 벗고 화장을 지우고 불 끄고 자는
집이 아니다

봄의 습관

목련을 떨어지게 하고
철쭉을 목 놓아 울게 한다
혈관 속에 아지랑이도 피운다

노랑나비처럼 팔랑거리는 심장과
가끔 사창私娼을 방황하는 바람도 있다

감옥을 열어 마음을 집밖에 가두거나
밤에 쓰던 편지를 찢는 일과
구두를 사는 습관이 있다

도라지꽃

산천 가시내
사랑에 눈을 뜨면 팔월 하루 한나절이 이토록 길다

보랏빛

노을보다 먼저 몸에 물이 든다

능소화
― 김주대 시인

담장 너머 골목길을 출렁이다가
바람 따라 발소리 따라 귀 기울이다가

남은 하루는

잔잔히 당신 발등 위에 떨어지리라

씨앗

네 몸속에서 봄이 오고 잎이 피는 것을 알지 못한다
흐르는 물의 목소리도 듣지 못한다
네가 피어 올리는 한 해의 가장 밝은 불빛 또한 보지
못한다

씨앗

우주가 한 개 이렇게 작고 검은 알맹이 속에 있다

유채꽃밭을 지나며

노란 원피스 노란 속옷
햇빛도 노랗다
귓속에도 온통 노란 노랫소리
남자도 노랗고 그 옆에 선 여자도 노랗다
노란 아지랑이
노란 현기증

살아서 노랗다는 것이 어떤 것인 줄을 보여 주려는 듯

노란 웃음을 웃다가
죽으면 푸른 하늘 한 자락을 끌어내려 노란 무덤에 덮는
온 세상의 유채꽃들

수박에 대한 또 다른 상상

요염하지도 애틋하지도 않은 과일이다
크고 둥글기만 한 자연의 감정이거나
도저히 한 사람이 다 먹을 수 없는 여름의 질량이다

석가가 먹었을까
장자가 먹었을까

반으로 가르면
속은 벌겋게 달아오른 태양의 풍속도 같고
검은 씨들은 정욕의 기호記號 같기도 하다

둘러앉아 수분 많은
둥근 생각 그대로 베어 물면
내면이 온통 출렁거린다

석가도 장자도 먹었을 것이다
먹다가 둥글고 시원한 질량의 반은 남겨서
냉장고 안에 두었을 것이다

오월

들녘은 오후 3시에 만조가 된다
풀잎들이 급작스럽게 불어난 급류처럼 밀려온다

저음이었던 옛 노랫소리 몇 곡
조금 전에는 물빛처럼 푸르고 지금은 나뭇가지에서 더
진하다

햇빛이 눈부셔 누구나 시인처럼 말문을 열어 놓는
수억 광년 전부터 봄이었을 오월

들녘 만조를 향해 노를 젓다 보면 정강이가 젖을 것이고
웃옷을 벗은 오월의 엉덩이에도 온통 풀물이 들 것이다

꽃을 따고 점심을 먹고 풀잎에 눕는다
배는 흘러 들녘은 오늘 밤에도 만조일 것이다

변기에 앉아

말을 하지 않아도 된다
생각 역시 묵직하지 않아도 수도하는 자세다

이파리 하나를 보고 미소 지었다는
연꽃이 피고
물소리처럼 시원하게 깨닫는다

전기요금을 내고 시 창작 교실에 가야 하고 저녁에는
사골을 고아야 한다

연꽃에 대해서는 여전히 말하지 않아도 된다
앉았던 자리가 환하다

4 부

홍시를 희롱하다니

이 나이가 되면 아줌마라고 한다
그런데 붉다

무슨 짓을 해도
둥글고

살집이 있어서
한 번은 꼭 올려다보게 한다

누군가는 떨어지기를 기다리는데
매달려 있다

계절풍이 불고 밤이 지나도
여전히 붉다

성적性的이지 않은데

동박새가 가지를 번갈아 가며
감히 아줌마들을 희롱한다

둥글고
붉은 것들은 대체로 세상보다 높이 매달려 있다

눈이 내립니다

세상에 눈이 내립니다
참 좋은 일입니다

무명無名으로
그냥 환하게 세상을 열어 놓습니다

벌거벗은 나뭇가지들 묵념하는 모습
저 심호흡 깊이 하는 흰 굴뚝들

식탁도 스무 평쯤 지붕도 벽도 쌓아 올리지 않은
눈은 그저 무한한 넓이이고 높이입니다

오늘 아침부터
귀 시리지 않게 저음의 파도소리를 내며

눈이 내립니다
참 좋은 일입니다

환하게 심성 좋은 눈이 세상에 가득 내립니다

고질병

재발한다죠
오랫동안 앓고 살아서 고치기 어렵다죠
나았나 싶으면 다시 도진다죠
이를테면
비가 내리는데 땅이 갈라지는 전조라든지
바늘 하나를 몽둥이만 하게 보는 착시라든지
그럴 때마다 약을 처방받고서
남은 생채기를 들추기도 한다죠
한 줄 한 줄 늘어나는 이력에 연고를 바르고
재직 중이라죠
퇴직할 수가 없다죠
마지막 시를 잊어버리는 날 멈출 수 있다죠
이따금 침들이 튀어 여드름처럼 톡 영글어간다죠
득실거리는 위선들이
이마를 가린 머리카락처럼 가렵다죠
병이 낫지 않는다죠
고질병
숨이 숨을 끌어안았을 때
시작되는 발병 말이죠

자애

햇살의 살이다
바람의 무늬다
참 슬픈 살 참 슬픈 무늬들이 허공에 박힌다
햇살이 열 손가락을 펴고 꽃봉오리를 주무른다
하얗게 자지러지는 몸의 계절
바람의 입술이 닿아 무늬가 하나둘 지워진다
아름다운 것은 오래 머무르지 않는다
햇살과 바람과 뒤엉켜 슬퍼지는 봄의 발작
하얗게 하얗게
살피듬이 일어나면
오후 2시의 목덜미가 활짝 부풀어 있다
엿보던 참새가
하얀 피를 부리로 훔친다
무늬는 더 하얀 눈으로 공중을 떠돌고
흩날리는 오르가슴
햇살의 살이
바람의 무늬가
혼자 피었다 지는 꽃의 하얀 목덜미를 또 드러낸다
오늘 하루는

길게 나온 혀로 목련 가지를 옮겨 다니며 자신을 보존
하고 있다

반죽에 대하여

나는 지금 명상에 빠져 있지
내 안에서 무럭무럭 일어나는 어떤 부풀음을 기다리며

육신은 치대는 대로
분명한 무형無形을 위해
모습을 버리고 있는 거야

웅크리기도 하고
늘어나기도 하면서
어떤 질문에 대한 대답만을 생각하지

나는 칸첸중가
나는 빌딩
나는 한 마리 고래
나는 식빵
나는 꽃
나는 꿈

지금 나의 명상은 끝이 없어

구름 위라도 좋고
어느 산등성이어도 좋고
목마른 어둠 속 지하 어디쯤에서
내 무형의 부풀음은 완성될 테니까

거북 귀龜 자

차가운 돌바닥에 꿈쩍 않고 엎드려 있다
등허리만 넓다

신령스럽다고 한다
오늘은 동인천역에 나와 사람들 발자국 소리를 듣고
있다

하夏나라 우禹임금이
또 등껍질 태우는 냄새

그러나 태평성대에도
엎드린 자 걸어가는 자

개찰구 계단 아래
곱사등이 삼촌 같은 거북이

땡그랑 동전 한 닢이다
어렵고 신령스러운 이 한자를 쓸 줄 모른다

우체국에서

낯이 익은 여직원이 웃는다
봉투를 사서 가신 아버지 주소를 적는다

창밖 천지는 고개를 숙인 눈
눈 속에 아부지 눈

지금은
아부지 눈가처럼 주름진 12월

내년 겨울에도 눈이 올 테니까
여직원도 상냥할 테니까

아부지 가슴에 편지를 부친다
내 가슴에도 한 통

백지는 부족하지 않은데
눈이 내린다

마늘 냄새

아버지 냄새
열여섯 살 때까지
이토록 진한 향기와 살았으니
그것은 나의 냄새

네 어미가 일찍 갔으니
밥은 내가 해야지
마늘장아찌
마늘종 무침

사진 속에서 희미하게 웃고 있는
아버지 냄새

흙 묻고 그을렸던 천민賤民
속으로 다정하고 매웠던 아버지
애야, 나를 부르는
마늘 냄새

병치 족보

아버지는 효령대군파 19대손이라 했지만
얼굴도 모르는 대군보다는 제상 위에 올라 누운 병치
가 현실적이다

몸이 넓적하고 입이 조붓한
그러나 수평선을 자유처럼 등에 지고 헤엄치던 병치

이들 족속에는 서얼庶孼이 없는지
딸 다섯이 둘러앉아 의문을 품는다

병치찜은 특히 기일에나 먹을 수 있어
측실처럼 무릎 꿇고 앉아 음복한다

그러나 어머니의 철학은 이제 치매에 걸렸다
병치찜은 아버지가 아니라 당신 막내딸이 먹고 가야
한다고

이 씨 아버지와 김 씨 어머니 사이 향합香盒 속 신미新米
에는
돌림자에서 빠진 손자국이 찍혀 있고는 했다

굴의 목소리

어머니는 연체軟體였다
거기다 고요를 더했으므로

겨울이기도 했다
말이라고는

굴 사세요
발이 얼었으므로

한 사발 비명에 가까운
침묵의 목소리

수억 년 간조干潮의
목소리

그리고
물크러졌다

고독도 모르고

사랑도 모르는

어머니

밥상 위의 어머니 목소리를
한 젓가락 집어 들고서

리겔

아버지
어부는 바다보다 늙었더군요
머리카락은 병든 개털처럼 몇 가닥뿐이고
몸 가죽은 오래된 낚싯줄보다 더 낡았더군요

하지만 바닷물이 출렁거리는 파르스름한 눈빛 때문에
뭍에서는 그를 늙은 물푸레나무라고 불렀대요

고마운 상어에게 살을 다 돌려주고
뼈만 앙상하게 남은 꿈속에
별 하나가 그 깊이를 모른 채 따라와 쓰러졌다는군요

아버지
바다에게 묻고 싶은 말이 많아도 참아야겠지요
지금 어부는 아버지나 삼촌처럼 잠속에서 사자를 만나
야 하니까요
아침까지 별은 자리를 지킬 것이고
아침 창을 열면 어부는 물론 바다보다 젊어지기도 한
답니다

라 마르!

가로등

가로등은 마을 이장님 같으십니다
더 높은 분 하느님 같으십니다

별말씀 없이
저녁마다 좁은 골목 안길을 있는 그대로
아주 부드럽게 살펴주십니다

땅거미가 진 골목 끝
구부리고 있는 지붕들과
쭈그리고 사는 사람들에게
햇빛보다 더 환한 불을 켜 주십니다

궁금한 것은
엊저녁 일어난 주공마트 집 사단事端을
가닥가닥 훤히 다 아시면서도
아침이면 뚝 시침을 떼시는 일

이장님께도 하느님께도
오늘은 무슨 일이 생기셨는지
수리공이 꼭대기에 올라가 있습니다

시를 몰라도 엄마는 노래를 잘 부른다

바람을 탄다
인천대공원 벚꽃 잎이
소풍을 왔다

우리끼리 둘째 언니랑
엄마랑
나랑

엄마 올 연말쯤에 시집 나와
시집이 뭐여?
딸 시 쓰잖아
시가 뭐시다냐?
김소월 들어 봤지?
난 고런 것 몰라야 국민핵교 때 이찌 니 산 시 맨 요런
것만 유리창 바깥에서 쪼까 들었당께
진달래꽃 몰라?
으응 거시기 뭐시냐 봄이면 비둘기 산이 분홍빛이었어
야 따다가 전 부쳐 느그들 먹일 때만 해도 나가 젊디젊
었는디 인자는 아주 못쓰게 됐당께

흰 노래가
내려앉는다
엄마 머리 위에
돗자리 위에
언니가 챙겨온
군고구마 위에
김밥 위에
떡 위에
방울토마토 위에

그냥 둘까
털어 낼까

그냥 먹자
시를 몰라도 엄마는 노래를 잘 부른다

겨울 어느 저녁

배가 고프다
눈발 그치고

발자국이 지워진 마당
난로 옆에서 귀를 터는 검둥이

밖에 나갔던 불빛들은
하나둘 집으로 돌아온다

나는
방 안에서 털모자를 쓰고
그 불빛의 발자국들을 따라가 본다

눈은 그치고
그림자처럼 누가 문을 두드리다 갔는지

난롯가에 앉아 담뱃불을 붙이던 눈사람
졸린 검둥이 옆으로
산장山莊 같은 고요가 쌓여 가는데

머리를 쓰다듬어 주던 흰 눈이 그쳐
나는
배가 고프다

겨울 어느 날 저녁이 저물어 간다

앉아있는 봄

봄이 앉아 있다
늘 눈으로 하는 말 한마디뿐이다
정년퇴직한 청년들이
밥때가 안 된 할머니들이
비둘기처럼
벤치에 앉아 있다
마그리트가 좋아했던 파란 새싹들도
마른 잔디에 앉아 있다
건너편 담벼락에도
작년 이맘때같이
봄이 노랗게 앉아있다
창문을 반쯤 열어두고
담배를 입에 물고
시를 쓰고 있는 시간
뻥 뚫린 하늘이
세로로 가로로 햇살을 발라내고
새가 흰 벽에 알을 낳는 동안
모자와 담뱃대를 공중에 널어놓고
다시 또 제자리에 와

봄은 앉아 있다
한 면이 파란색이다
정신의 일부도 분홍색으로 구겨져 있다

공이 튀는 이유가 뭐냐고?

김 윤 식(시인 · 전 인천문화재단 대표이사)

1.

기억은 7년 전으로 거슬러 올라간다. 그날은 인천의 대표적인 한 달동네, '숭의동 109번지' 혹은 '전도관 동네'라고 불리는 곳, 6 · 25한국전쟁 당시 이주해 온 피난민들이 모여 살면서 얼기설기 지었던 판잣집을 앉은자리 그대로 겉에만 시멘트를 바르고 블록을 쌓아 바꾼 누추하고 어두운 동네 한 공가空家에서 시 공부를 하던 날이었다. 시 공부는 내가 인천문인협회의 일을 보던 시절부터 시작했었는데 그곳을 물러나면서 공부방을 이곳에 마련해 얼마가 지난 무렵이었다.

그날이 7월 며칠이었는지는 정확히 기억나지 않는다. 시 공부 시간은 매주 월요일 저녁 6시 반이었다. 거의 그

시간에 맞춰 낯선 여성 한 명이 땀을 흘리며 방에 들어선 것이었다. 회원 중의 한 명이 나서서 그녀를 소개했다. 오늘부터 새로 나오기로 한 이영심 씨이며 현재 어느 세무회계사 사무실에서 시간제 근무를 하고 있다는 내용이었다. 자기들끼리는 이미 연락이 되었던 모양이었다. 그녀는 수줍게 그러나 밝게 웃으며 고개를 숙였던 것으로 기억된다.

그녀가 회원들 틈에 끼어 앉으며 공부는 시작되었다. 낡고 보잘것없는 선풍기 하나가 거의 내 쪽으로만 힘겨운 바람을 보내고 있는 침침하고 무더운 방에서 회원 다섯이 각자 써온 자신의 시 복사본을 하나씩 나누어서 돌려 읽으며 토론했다. 제일 연장자였던 최 모 시인(이분은 그 이후 등단했다.)이 그녀에게 혹시 써온 시가 있으면 제출하라고 권했지만, 첫날이어서 미처 준비를 못한 그녀는 공부가 끝날 무렵 A4용지에 직접 손으로 쓴 시 두어 편을 내게 건넸다.

그날 얼핏 내가 본 그녀의 시는 솔직히 시라고 말하기에는 좀 그런 것이었다. 그래도 나는 집에 돌아와 다시 찬찬히 읽어볼 요량으로 그것들을 웃으며 가방 속에 넣었다. 공부가 끝나면 인근의 상밥집으로 자리를 옮겨 저녁을 먹는 것이 순서였다. 그러나 첫날이어서 그랬는지 그녀와 또 한 사람 여성은 그날 식사 자리에 합석하지 않은 채 돌아갔다.

그렇게 한 주일이 지나 다시 모이는 날 그녀 역시도 밝은 얼굴로 출석했다. 이번에는 회원의 수에 맞춰 복사본을 만들어 왔다. 시는 첫 대면에서 내게 주었던 것을 다시 타자打字해서 가져온 것이었다. 제목이 「낙엽」이었던 것으로 기억에 남아 있다. 아니, 「은행잎」이었던가. 어쨌든 늘 하던 방식대로 회원들의 시를 하나하나 돌려 읽고 토론했다. 정식 작품을 가져온 것으로는 첫 출석이나 다름없는 신참이었기에 우정 맨 나중에 그녀의 시를 읽었다.

문제는 그녀의 시를 읽으면서 발단했다. 내가 그녀의 구절들이 시의 표현과는 사뭇 거리가 있다고 이야기한 것이다. 그러자 그녀는 얼굴에 홍조를 띠며 내게 반박했다. 물론 그 반박의 어조나 내용이 불손했다거나 하는 이야기는 결코 아니다.

그녀가 한 말을 요약하자면 '다른 사람들의 시들도 대부분 다 이렇다'는 것이었다. 나는 그녀의 말을 이해할 수 있었다. 필경은 그녀가 오늘날 무수한 '시인'들에 의해 한없이 범람하는 '시들'을 읽어온 탓이라는 생각이 들었다. 그래서 나는 몇 편의 잘 알려진 시들을 들어 차근차근 시가 어떤 것인가를 설명했다. 그러나 그녀는 자신이 쓴 것도 엄연한 시라는 태도를 고치지 않으려 했다.

거기까지 오자 그녀를 충분히 이해한다고 하면서도 내 내면에서는 답답하다는 생각이 머리를 쳐들기 시작했다. 그리고 그런 생각은 더욱 자라나 이내 나를 흥분으로 몰아갔다. 내 이성은 이미 철철 땀을 흘리며 막무가

내 그녀를 설복하기 위해 장광설을 늘어놓고 있었다. 이미 공부가 끝나고 식사할 시간조차도 상당히 축나 있었다.

사태가 여기에 이르자 기존의 회원들이 무척 난처한 기색을 했다. 결국은 연장자인 최 시인과 심 모 시인(이분도 후에 등단했다.)이 중재(?)에 나섰다. 영심아, 네가 처음이라 몰라서 그러는데, 선생님 말씀 잘 새겨듣고 이해해야 한다. 그런데 오히려 이들의 말이 나의 흥분을 더 부추겼다. 그래서 급기야는 하지 말았어야 할 말을 내뱉고 말았다. 그렇게 잘 쓰고, 또 자신만만하다면 뭣하러 여기에 오느냐? 다음 주부터는 나오지 마라.

이 말끝에 그녀가 울음을 터뜨렸다. 어깨를 들먹일 정도로 흐느꼈다. 내 말에 몹시 충격을 받았던 것 같았다. 마음이 아팠지만 애써 외면한 채 늦은 밥집으로 발걸음을 떼었다. 물론 그녀는 참석하지 않고 돌아갔다. 흥분은 가셨어도 못내 씁쓸했다. 밥을 먹는 내내 좀 전에 있었던 그녀의 눈물이 나로 하여금 무엇을 씹고 있는지 모르게 했다. 다른 날보다 소주를 몇 잔 더 마셨던 생각이 난다.

그렇게 또 한 주일이 지나갔다. 날은 점점 더워지고 있었다. 공부방을 향해 언덕길을 오르며 문득 나는 그녀가 이제 더는 오지 않을 것이라고 생각했다. 나이를 먹어가면서도 단기短氣를 어쩌지 못하는 자신이 우스웠다. 땀이 송글송글 배어 나왔다. 훗날 어디서라도 만나게 된

다면 내 꼭 먼저 나의 지나침, 가혹했던 말을 사과하리라.

공부시간이 임박해 회원들이 하나둘 도착해 이런저런 한담을 하는 중에, 내가 먼저 그녀가 오늘 나오지 않을 것이라는 말을 꺼냈다. 회원들 앞에서 벌인 지난주의 계면쩍음을 미리 무마하려는 의도였다. 회원들은 글쎄요 하며 어색한 웃음으로 답했다.

6시 30분이 되어 내가 자리에서 일어나 낡은 칠판 앞에 섰을 때, 그녀가 헐레벌떡 문을 열고 들어섰다. 회사가 늦게 파해 이제 도착했노라며 예의 그 밝은 웃음으로 자리에 가 앉았다. 지난주의 사단 같은 것은 그녀의 안색 어디에도 남아 있지 않았다. 나는 적이 놀랐다.

그날 공부 시간은 아주 순조롭고 재미있었다. 공부를 마치고 식사 자리로 이동하려다가 나는 깜빡 내 집 열쇠를 단 위의 책상에 놓고 나왔다는 생각을 했다. 회원들은 앞서가고, 내가 다시 공부방으로 들어가 열쇠를 집어 들고 나오려는데 그녀가 되돌아 다가왔다. 그리고는 선생님, 저 시인 되고 싶어요, 하고 나지막한 음성으로 말했다. 그 말이 전부였다.

무언가 뭉클한 것이 가슴속으로 지나가서 나는 잠시 동안 그녀의 밝은 얼굴을 보고만 있었다. 열심히 공부할게요. 기억은 분명하지 않지만 나도 뭐라 미안했다는 투로 응답한 것 같다. 말없이, 조금은 어색하게 그러나 미더운 마음으로 그녀의 등을 두어 번 두드려 주었다. 나보다 먼저 다가와 화해를 청한 그녀가 정말이지 고마웠다.

그녀는 참 명랑한 여성이었다. 그리고 전혀 세상의 때가, '시의 때'가 묻지 않은 지극히 숫한 여성이었다. 그리고 누구에게나 경계 없이 다가가는 그런 타입으로 깊은 감수성과 풍부한 상상력이 마치 '빨강머리 앤'을 연상시켰다. 첫날 그녀가 그렇게 우긴 것은 그때까지 어떤 시가 진정 공감 가는 시인지를 그녀가 잘 몰랐기 때문이었다는 생각을 했다.

그러고 며칠 지난 어느 날, 그녀는 나를 공부방, 그 공가의 누런 벽 앞에 세워 놓고 사진을 찍어 주기도 했다. 그녀는 지금도 가끔 핸드폰 속의 그 사진을 꺼내 들고는 말한다. 그 시절만 해도 우리 선생님이 이렇게 젊으셨는데….

2.

그렇게 몇 달이 지나갔다. 다시 내가 이사를 하고 넓은 공간이 생기면서 한동안 거기서 공부를 했다. 그녀는 참으로 열성적으로 시를 썼다. 발전은 그리 빠르지 않았지만, 솔직히 말해 더디었지만, 그녀는 흔한, 어쭙잖은 시인이 되지는 않겠다는 당찬 의지를 내보였다. 반드시 그렇게 되지 못한다 해도 나는 그런 그녀의 결심이 크게

미덥고 예뻤다. 그래. 폭넓은 문학 공부와 더불어 사물의 본질, 본심을 꿰뚫어 천착하는 영혼의 눈과 그것을 솔직하게 써 내는 손(몸)의 일을 게을리 하지 마라. 나는 이렇게 말했다.

이따금 그녀가 써 온 글의 행간에서 반짝이는 표현을 발견할 때마다 나는 내심 기뻤다. 내 심리 속에 여전히 첫 대면 때의 그 사건이 남아 있어서였는지, 나도 모르게 자주 회원들 앞에서 그녀의 표현들을 들어 칭찬하곤 했다. 어떤 때는 공부시간에 그녀가 필명처럼 쓰고 있던 '영심'이라는 이름을 두고 농담도 했다. 영심靈心에서 출발해 일심, 이심, 삼심…, 그렇게 반드시 열심十心, 혹은 열심熱心에 이르러 뜻한 바를 이룰 것!

그녀에 대한 나의 이 같은 언행이 잦아지면서 선생님은 영심이만 귀여워하신다는 회원들의 반 농담, 반 질투의 소리도 들었다. 지금 내가 그때 그렇게 했던 이유를 말한다면, 그녀의 밝은 성격과 구김 없는 마음결이 나를 편하게 했던 때문이었고, 또 그녀가 회원들 가운데 가장 나이가 어린 막내였던 까닭이었다고 하겠다.

그런 중에 제일 연장자였던 최 모 시인이 드디어 등단을 했다. 나로서는 같이 공부하던 사람 중에서 최초의 등단이어서 몹시 기뻤다. 그분이 떠나고 뒤미처 또 다른 여성 한 명이 나를 떠나 시인으로 등단했다. 그것을 두고 그녀가 몹시 부러워하던 모습이 떠오른다. 더불어 내가 그녀를 나무라며 눈을 한번 부라려 보였던 일도 생각

난다.

그러던 그녀가 2016년 드디어 『문학청춘』 문예지에 신인상을 받으며 등단했고, 그리고 이렇게 그녀 첫 시집의 발문을 내가 쓴다. 사실은 내가 잘 아는 모 평론가에게 해설을 부탁해 흔한 대로 요즘 시집의 격식을 갖춰 주려 했었는데 그녀가 한사코 고집을 부렸다. 이제 초년 시인 시집에 분에 넘치게 무슨 해설이며, 아무래도 좋으니 꼭 선생님의 발문이나 받아 간직하고 싶다는 것이었다.

아무튼 그 후 인천시청 후문 쪽, 한 인천문협 회원이 경영하는 회사의 지하 강의실을 빌려 1년 넘게 거기에 모였다. 2012년이 아니었나 싶다. 그 시절은 회원 수도 늘어 10명을 넘어선 때였다. 회원들은 열성적이었고 서로 우애가 깊었다.

강의실이 답답하면 회원들은 영종도로 하룻밤 워크숍을 가기도 했고, 어느 추운 겨울날에는 강화에 사는 회원의 토방에 장작불을 지피며 밤을 새기도 했다. 코스모스가 하늘거리던 인천 서구 수도권매립지로 바람을 쐬러 가거나 남동구 숲 속에서 짙은 매실주를 마시며 환담하던 추억도 떠오른다. 회원 중의 누군가가 색소폰을 불어 분위기를 노을처럼 붉게 물들여 준 저녁도 있었다. 철없는 어린애처럼 그녀는 누구보다도 그런 날들을 고대했고 즐거워했다.

뒤돌아 올라가 2011년이던가? 그해 연말 회원 하나가 인천문협 시민문예현상공모에서 시 부문 대상을 받았다. 그 이듬해에 모 여성 시인이, 그리고 3년째에 그녀가 똑같은 상을 차지했다. 우스갯소리지만 회원의 3회 연달은 수상으로 내가 더 유명해질 판이었다. 기뻤다. 특히 그녀가 대견했다. 그녀는 그 후로도 새얼백일장 같은 몇몇 백일장에서 입선하는 등 점차 실력을 발휘했다.

그녀의 기특함을 말하라면 부지런함을 먼저 든다. 물론 훨씬 더 먼 강화에서, 김포에서 달려오는 회원들도 있었지만, 어떠한 일이 있어도 그녀는 결석이 없었고, 또 공부를 위해 시를 써 오는 일을 거르지 않았다. 오히려 의무적으로 가져오는 한 편이 아니라 두 편, 세 편을 가져왔다.

그렇게 잘 나가던 시 창작 교실도 점차 시들기 시작했다. 그것은 전적으로 내 탓이다. 2013년 12월, 내가 인천문화재단의 대표이사가 되었다. 그래도 월요일 이 시 공부 교실만은 손톱 끝만큼의 어김이 없었다. 하지만 회원들은 점차 조급해했다. 모두들 시인이 되고 싶은 것이었다. 선생은 문화재단 대표가 되면서, 회원들은 몇 해가 가도록 여전히 '신분의 변화'가 없는 데에 대한 초조함이었는지 모르겠다.

특히 공부 시간이면 항용 잘못된 부분이나 타박하고 칭찬에는 도무지 인색하며, 중앙이라는 데에 거의 알려지지 않아 연줄도 별로 없어 누구 하나 등단의 다리조차 놓아주지도 못하고…, 이런 선생이라는 자가 그들 눈에 점차 용하게 보였던 것이 으뜸가는 이유였을 것이다.

회원들이 하나둘 떠나기 시작했다. 여섯이 남았다가 다음 주에는 다섯, 그 다음 주에는 셋…. 물론 그렇게 가 버린 회원들 중 두엇은 등단을 했으니 다시 한 번 나의 부족함, 나의 용렬함을 말하지 않을 수 없다.

그렇게 시 창작 교실은 2014년이 저물어 갈 무렵 끝내 문을 달았고, 마지막까지 끈질기게 남아 준(?) 사람이 단 한 사람 그녀였다. 그때부터는 그녀가 시를 몇 편씩 써 서 인터넷 내 메일에 올려놓았다. 나는 그것을 읽고 일 일이 평을 하거나 어휘를 적어 비교해 보게 하거나 했 다.

그러던 중 그녀가 하루는 의논할 말이 있다고 면회를 요청했다. 한국방송통신대학교 대학원에 입학하겠다는 것이었다. 그녀는 회계 쪽 학과를 나왔기 때문에 문학 방면 지식이 부족했던 것이 사실이었다. 특히 그녀가 매 해 인천문화재단에서 개설하는 문학 강좌를 꼬박꼬박 이수하면서 체계적인 문학 지식의 부족을 스스로 절감 한 듯했다.

나는 단연 그녀의 의욕에 찬성표를 던지고 격려했다. 첫해에는 아쉽게도 낙방이었다. 그리고 2015년 두 번째 시도에서 입학이 허가되었다. 두 번째 입학 면접 때에는 당돌하게도 자신을 붙여야 학교도 득이 있을 것이라고 했다던가.

그녀는 2년간 아주 열심히 공부했다. 독서도 많았다. 내가 더 귀찮을 정도로 자료 부탁이나 페이퍼 교열 등을

졸랐다. 졸업 논문을 쓸 때의 일화 역시 여간했던 것이 아니다. 2016년 말 인천문화재단 퇴임을 앞둔 시기에 근 6개월간을 내가 그야말로 무보수 조수 노릇을 톡톡히 한 것이다.

나는 고작 학사에 지나지 않고 그녀는 나보다 공부가 높은 석사 학문을 하는 터에 그녀의 논문에 내 지식이란 것이 무슨 도움이 되랴만. 그래도 김기택 시인의 작품 속에 드러난 성·배설 어휘 분류표의 오기, 오류가 없나 열심히 검토해 주었고 일주일이 멀다 하고 찾아오는 그 녀에게 짧으나마, 그러나 내 지식과 정성을 다해 자료에 밑줄을 그어 주고 조언해 주었다.

『김기택 시의 성·배설 의미 연구 – 라캉의 욕망이론을 중심으로』가 그녀의 논문이다. 하필이면 성性과 배설排泄의 의미라니…. 주제를 가지고도 누차 토론을 벌이거나 언쟁하기도 했다. 그러나 나는 이 논문에서도 정말이지 그녀의 엉뚱하고 발랄한 진면목을 발견한다.

아무튼 재단 일로 머릿속이 뒤숭숭한 중에도 라캉의 『욕망이론』을 읽을 수 있었던 것은 그녀 덕분이었다. 드 디어 석사 가운을 입은 채 해사하게 웃고 있는 사진을 보내왔을 때, 나는 내가 그녀의 아버지이기라도 한 듯, 눈물이 핑 돌 만큼 대견하고 기뻤다.

그 후 2016년, 그녀는『문학청춘』문예지를 통해 등단 했다. 그리고는 2018년도, 내가 떠난 인천문화재단 예술 지원 사업에 선정되었다. 이 시집은 그렇게 해서 상재가

되는 것이다.

3.

자신의 회고담을 쓰듯 남의 시집에 너무 길게 사설을
늘어놓은 것 같다. 이제 그녀의 시 한 편을 읽으며 마무
리해야 할 시간이다.

일요일이니까
청춘이니까
청춘은 헛발질을 하니까

청춘에 대해 생각해 보면
왜 청춘은 일요일일까
벽을 들이받고
튕겨 나오는 화요일이나 수요일이 되지 못할까

지구의 기분이 공이라면
공은 습성이니까
무작정 텅 빈 곳을 향해 튀어 오르고 싶으니까

웃음소리가 잦아지면
이놈의 청춘은 세상에 거처가 없어
늘 둥글둥글 구르다가

일요일 한나절을
망할 자식들처럼
그냥 환히 헛발질이나 하고 마니까
　　　　　－「공이 튀는 이유가 뭐겠어?」 전문

　어느 일요일, 학교 운동장 같은 데서 공을 차고 있는
젊은 사람들을 본 모양이다. 공처럼 이리 튀고 저리 구
르고 헛발질하는 젊음을 밝고 환하고 재미있게, 그리고
오늘 우리의 젊음들이 안고 있는 아픔과 고민을 군더더
기 없이, 직설적이지 않으면서도 쓸쓸하게 그려 놓았다.
　이 시는 그리 오래전에 쓴 게 아닌 것으로 알고 있다.
몇 달 전인가 선생님 시 썼어요, 하며 인터넷 메일로 보
내왔던 것으로 기억한다. 또 뭘 써놓고 이러나? 시 한
편을 쓰면 퇴고도 할 사이 없이 보내오는 급한 성미인
터라, 그 까닭에 나로부터 늘 지청구를 먹으면서도 그녀
는 언제나 내게 보내놓고 보는 게 일쑤였기 때문이다.
　남해 쪽 저 먼 어느 섬에서 태어나 썩 유복하게 성장하
지는 못한 그녀의 청춘시절, 어느 한 그늘이 이 시에 차
라리 '환하게' 배어 있는 것인지도 모른다는 생각을 했
다. 그러면서 재미있었다. 어느새 이렇게 쓰는구나. 불
현듯 그녀가 말하는, 헛발질이나 하는 그런 일요일의 지
구로 나도 다시 한 번 가보고 싶다는 생각이 일었다.
　잘 썼다고 답장을 보냈다. 명확히는 그녀가, 그녀의

공이 튀어 오르는 이유에 대해 답을 하지 못하는 대로, 나는 그러나 이 시를 좋아한다. 어느덧 마흔을 넘겼지만, 아직 청춘에서 멀어진 거리가 아니어서인지 이런 시로써 그녀는 가끔 나의 늙음을 행복하게 절망시킨다.

시퍼렇게 허공을 들어 올리고 있음/온몸은 총총 들떠 있음//의장병들이 일제히 칼을 뽑고 있음/여왕은 아직 납시지 않음//또 가끔 콩나물국 속에서 속을 끓이고 있음/약혼링은 빼 놓았음//식물의 고딕 양식임/첨탑 끝에 흰 종루를 얹음//지구는 텅 비지 않았음/여전히 푸르른 고음이 들림//생은 전반적으로 흔들리지 않음/단 뽑힐 때까지임

— 「파밭에서」 전문

혜화역 2번 출구 계단으로//여자들 치마가/오른다//남자를 만나러/봄을 만나러//누가 써 놓았는지/으샤으샤 즐겁게 계단을 오르자//계단이/자꾸 부추긴다//치마는 짧아지고/장안은 온통 화창한 봄날//그래 봄바람이 들추어/초록색 속옷이 보여도 좋아//혜화역 2번 출구 계단으로/여자들 치마가//남자를 만나러/봄을 만나러//올라간다

— 「봄」 전문

비단 이 두 편만은 아니지만, 나로서는 도무지 이런 감각을 따라갈 수가 없다. 시 속에 여전히 젊은 이나혜, 그녀가 그대로 있는 듯하다. 그녀의 발랄한 관찰과 싱싱한 상상을 읽을 수 있어 더욱 그런 느낌을 받는다. 이 시

들이 아주 **빼어난** 것이라고 단언하지는 못한다 해도, 그녀의 눈의 밝음이, 그 밝음의 깊이가 사뭇 유쾌하고 명랑한 점을 부인하지는 못한다. 물론 여타한 시들도 더러더러 보이지만 나는 그녀의 이런 면목이 매우 기특하고 가상하다. 그리고 그것이 여기에 묶는 시들의 주류로서 내게(우리에게) 주는 선물이라고 생각한다.

4.

전 편을 거의 다. 이미 오래전부터 이나혜 시인 곁에서 읽어 왔던 터라 새삼 다른 작품들에 대해 말을 꺼낸다는 것이 도리어 번거로운 느낌이다. 더구나 나는 애초 발문을 쓰기로 했으니 그녀의 시편들에 대한 논論은 삼가련다. 그것은 이나혜 시인의 이 시집을 손에 드는 혹 어떤 이들의 몫이다.

해서 이제 마지막 말을 한다. 시인으로 사는 동안 더 많이 명랑할 것. 더 많이 쓸쓸할 것. 그리고 더 많이 세상의 모든 것들을 사랑할 것. 가슴속의 가장 깊은 따듯함으로 곡진히 사랑할 것. 한 가지 더, 삶에는 반드시 좌절이 있고 희망이 있는 것. 흔들리지 말고 한 걸음 한 걸음 오롯이 시의 길을 가야 할 것.

이 시집이 나오기까지 지난 이야기를 장황하게 썼다.

그러나 7년여 세월 속에 이나혜 시인과의 지나간 일들이 장면, 장면 한 권의 사진첩을 넘기듯 가지런하다. 그리고 이따금 그것은 가슴속에서 공처럼 튀어 오르거나 구른다.

끝으로 독자들을 위해 한 가지 설명을 덧붙인다. 이나혜李那蕙 시인의 본명은 이정숙李貞淑이다. 그러니까 내게 와서 공부할 때는 이영심李零心이었고, 대학원생일 때는 이정숙, 그리고 문단에 등단하면서는 이나혜가 된 것이다.